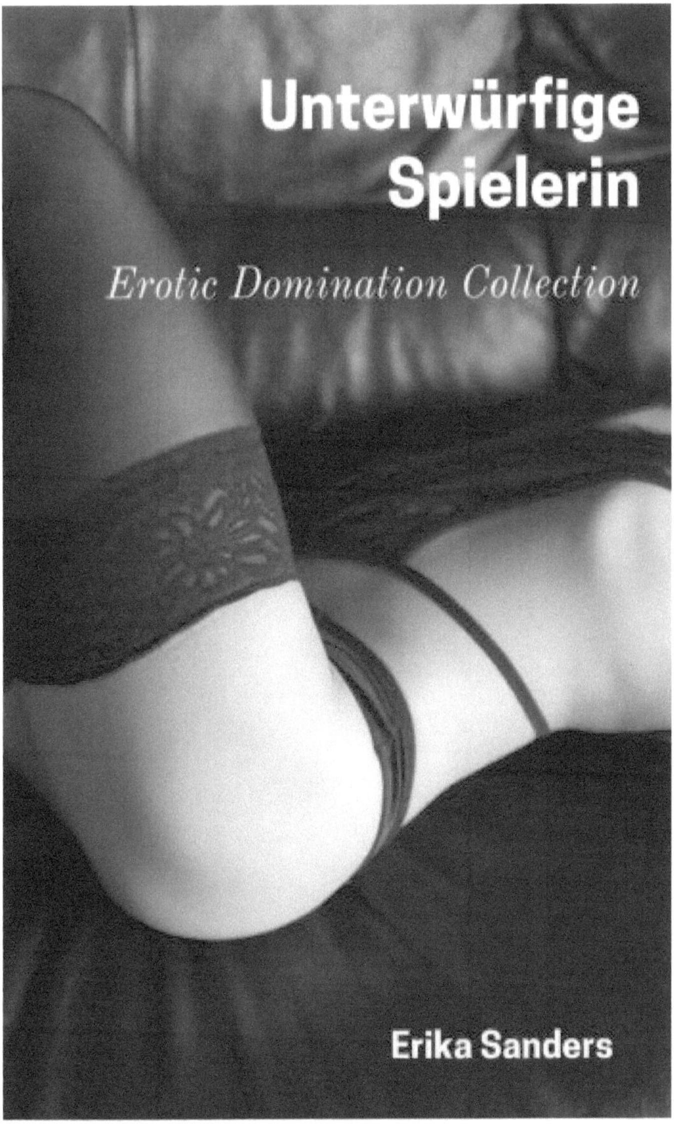

Unterwürfige Spielerin

Erotic Domination Collection

Erika Sanders

Unterwürfige Spielerin

Erika Sanders
Serie
Herrschaft und erotische Unterwerfung

Titelbild: © antgor - Pixabay, 2025

Erstausgabe: 2025

Zusammenfassung

Linda ist in einer Mädchennacht.

Aber nacheinander stornieren ihre Freunde ihre Anwesenheit, bis sie merkt, dass sie die Nacht alleine verbringen wird.

Er beschließt, mit den Casino-Automaten herumzuspielen, um zu sehen, ob er in dieser schlechten Nacht wenigstens etwas Geld nimmt.

Sie bekommt einen Preis und als sie ihn gegen Geld eintauscht, trifft sie einen attraktiven Mann, der sich ihr nähert ...

Unterwürfige Spielerin ist ein Roman mit stark erotischem BDSM-Gehalt und wiederum ein neuer Roman aus der Erotic Domination-Sammlung, einer Reihe von Romanen mit hohem romantischen und erotischen BDSM-Gehalt.

Anmerkung zum Autorin:

Erika Sanders ist eine international bekannte Schriftstellerin, die ihre erotischsten Schriften, abgesehen von ihrer üblichen Prosa, mit ihrem Mädchennamen signiert.

https://www.instagram.com/erikasamanthasanders/

Index

UNTERWÜRFIGE SPIELERIN
ERIKA SANDERS

ERSTER TEIL

KAPITEL 1

"Es ist okay, Gloria. Ich verstehe."

Linda blieb am Eingang des Casinos stehen und sah sich alle blinkenden Lichter an.

Sie sollte mit ihren drei besten Freundinnen einen Mädelsabend verbringen.

Vor ihrer Abreise hatte Julia angerufen, um ihr mitzuteilen, dass ihre Tochter an Grippe leide und sie nicht allein mit ihrem Ehemann das Haus verlassen wolle.

Linda dachte, ihr Mann wollte sich nicht um ihre kleine Tochter kümmern, aber er würde sich nicht auf die verdrehte Ehe ihrer besten Freundin einlassen.

Angie hatte angerufen, als sie zum Casino gefahren war.

Sie murmelte eine Entschuldigung dafür, dass sie nicht gehen konnte, aber von ihrem Stöhnen wusste Linda, dass sie wieder mit ihrem Freund zusammen war, der in die Stadt zurückgekehrt war.

Dann dachte er, er würde eine lustige Nacht mit Gloria haben, aber dann hatte er es auch abgesagt.

Er hatte nicht einmal auf ihre Entschuldigung geachtet.

Sie hatte immer noch Geld in ihrer Brieftasche und sie beschloss, heute Abend alleine Spaß zu haben.

Er ging zu einem leeren Spielautomaten und schlug eine Zwanzig.

Ohne nachzudenken, drückte er die Knöpfe und als die Maschine zu klingeln begann, stellte er fest, dass er eine große Geldsumme gewonnen hatte.

Es war nicht der Jackpot, aber nachdem das Rasseln beendet war, stellte er fest, dass er über tausend Credits hatte.

Linda machte die schnellen Berechnungen in ihrem Kopf und stellte fest, dass es mehr als zweihundertfünfzig Dollar waren.

Er drückte den Kreditknopf und die Quittung spuckte aus.

Linda lächelte breit.

Er hatte noch nie etwas im Casino gewonnen und hier war er mit einer großen Geldsumme.

Er sah sich um und versuchte die Kassiererin zu finden.

Er war am anderen Ende des Casinos und als er dort ankam, taten ihm die Füße weh.

Sie hatte diese süßen Absätze für den heutigen Ausflug gekauft, aber jetzt verletzten sie ihre Zehen.

Er stellte sich an und wartete, bis er an der Kasse war.

"Sie können in der falschen Linie sein." Linda zuckte zusammen, als sie einen warmen Atemzug an ihrem Ohr spürte.

Sie drehte sich um und sah sich einem Mann gegenüber, der größer war als sie einen Business-Anzug trug.

"Entschuldigung?" Linda hatte das Gefühl seines Atems an ihrem Hals geliebt und festgestellt, dass sie nicht einmal die Wirkung bemerkt hatte, die es auf sie hatte.

Sie war auch verwirrt darüber, was er mit der falschen Reihe meinte.

"Sie stehen in der Schlange für Golden Privilege. Ich sehe, Sie haben 250 Dollar an einem Spielautomaten gewonnen. Diese Linie ist für Spieler mit hohem Risiko."

Lindas Gesicht wurde rot.

Er konnte nicht einmal in der richtigen Reihe stehen.

Seine Lippe zitterte und die Freude, am Spielautomaten zu gewinnen, löste sich langsam auf.

"Es tut uns leid."

Linda drehte sich um, um die Leitung zu verlassen.

Sie wurde nervös.

"Nein. Warte. Ich wollte dich nicht stören. Hör zu, wir gehen zusammen. Ich weiß, dass Rachel, die heute Abend Bargeld arbeitet, nichts dagegen hat."

Linda sah nur zu, wie der große Fremde sie zur richtigen Kabine führte.

Er lächelte und blieb in der Nähe von Linda stehen.

Sie gab der Frau das Ticket und sie gab ihr das Geld in einundfünfzig Dollarnoten.

Er wandte sich von der Theke ab und sah erstaunt zu, wie der Mann ihm einen Stapel Rechnungen reichte und sie ihm im Gegenzug eine kleine Menge Token gab.

Linda wusste genug über Casinos, um zu wissen, dass jeder dieser Chips eine große Geldsumme wert war, weit mehr als sie sich vorstellen konnte.

"Also wirst du nur das Geld sparen und gehen?"

Linda blinzelte.

Sie merkte nicht, dass er sie ansah, bis er sie neckte.

"Oh, tut mir leid. Ich bin es nicht gewohnt, so viel Geld zu sehen. Ich sollte die Nacht mit ein paar Freunden verbringen, aber sie haben alle abgesagt."

"Mein Name ist Peter Wilson. Ich gehe zum Blackjack-Tisch. Du kannst mitmachen, wenn du willst. Ich bin heute Abend allein und ich würde eine schöne Blondine an meiner Seite lieben, um mir Glück zu geben."

Linda wurde rot.

Sie hielt sich nie für schön.

Das Wort "schön" gab ihr viel mehr Selbstvertrauen.

Sie dachte einen Moment darüber nach und dachte, es schade nicht, mit ihm zu gehen.

Sie war Single.

Sie hatte zweihundertfünfzig Dollar verdient, mit denen die Miete bezahlt werden sollte.

"Es ist in Ordnung." Linda hob den Kopf und lächelte Peter an.

"Ich bin froh. Lass uns gehen."

KAPITEL 2

Peter führte Linda durch das Casino zu einem der Bereiche im Hintergrund.

Es gab eine große Anzahl von Kartentischen und er hatte einen bestimmten im Blick.

"Willst du spielen?"

"Ähm, sicher. Aber brauche ich diese Token nicht?"

Peter lachte.

Sie war so süß und süß und er dachte, er würde wahrscheinlich nicht einmal merken, wie sexy sie war.

"Du kannst ein bisschen von mir benutzen."

"OK danke"

Sie erreichten den Tisch und setzten sich.

Sein Bein streifte ihr und sie schob es nicht weg.

Er gab ihr ein paar Chips und sie schnappte nach Luft, als sie sah, dass jeder tausend Dollar kostete.

Sie gab dem Händler den Chip und er machte den entsprechenden Austausch.

Die erste Hand war hart, da er nicht die richtigen Worte kannte. Er wusste nur, dass seine Karten 21 ergeben mussten und nichts weiter.

Sie verlor die erste Hand, ebenso wie Peter.

"Es tut mir so leid, Peter."

"Shhhh" Peter legte seine Hand auf ihre. "Genieß es einfach."

Linda nickte und die nächsten drei Hände gewann sie und er verlor.

Ein paar weitere Leute setzten sich an den Tisch und als ein Kellner eine Getränkebestellung aufgab, bestellte sie beiläufig eine Diät-Cola.

Er spürte, wie sein Handy klingelte und als er es abholte, stellte er fest, dass es seit mehr als drei Stunden dort war.

Sie sah, dass Gloria anrief und beschloss, nicht zu antworten.

"Alles ist gut?"

Peter sah, dass Linda ein wenig verärgert war und merkte nicht einmal, dass ihr Gesicht schockiert war, als sie die Anruferkennung sah.

"Ja, gut. Ich wusste nicht, dass es so spät ist."

"Wir werden noch eine Hand spielen."

Peter sprach mit dem Händler und nachdem beide ihre letzte Hand verloren hatten, verließen sie den Tisch.

Peter hielt beiläufig ihre Hand in seiner.

Er war normalerweise viel aggressiver als das, aber etwas sagte ihr, dass es sie erschrecken würde, wenn sie selbstbewusster wäre.

Peter führte sie zurück zur Kassiererin und lächelte Rachel an, als sie die Chips zurück in die Kasse transferierte.

Lindas Augen weiteten sich, als Rachel über zehntausend Dollar zählte.

Er faltete die Scheine zusammen und steckte sie vorsichtig in seine Brieftasche.

Peter lächelte, sagte aber nichts.

Sie gingen zum Haupteingang und standen im großen Atrium.

Das Casino war mit einem Hotel verbunden und es gab einen Glasweg, der die beiden verband.

Die Winter in der Stadt waren kalt und es war schlecht für das Geschäft, wenn Hotelgäste in einem Schneesturm nach draußen gingen, um zum Casino zu gelangen.

"Also werde ich ehrlich sein und es sagen. Ich finde dich sehr attraktiv. Du bist süß, schön und klug. Ich habe es geliebt, heute Abend Zeit mit dir zu verbringen. Normalerweise würde ich dich an der Hotelbar zu einem Drink einladen und hoffe, dass du nach ein paar Drinks dazu bereit bist Gehen Sie in meine Suite. Ich denke, an diesem Punkt könnten Sie ja sagen. Ich werde diesen Schritt überspringen und fragen, ob Sie in mein Hotelzimmer gehen möchten. Sie können nein sagen, aber irgendetwas sagt mir, dass Sie ja sagen werden. "

Linda sah Peter an.

Sie hatte ihn erst vor ein paar Stunden getroffen, aber er wusste genau, was sie wollte.

Sie dachte, er sei aufrichtig gewesen und sagte ihr, dass er zusammen in ihr Hotelzimmer gehen wollte.

Er war groß, gutaussehend, reich, intelligent und sie hatten die Gesellschaft des anderen beim Blackjack genossen.

Er war sich so sicher, aber es war in gewisser Weise sehr attraktiv für sich.

Ihr letzter Freund war so ungepflegt, dass sie es seit mehr als ein paar Monaten nicht mehr ertragen konnte.

Ihre Freunde sagten ihr, dass sie forderte, aber dass sie die besten Freunde hatten.

Das war natürlich der Grund, warum sie alleine ins Casino geworfen worden war, als es eigentlich ein Mädelsabend werden sollte.

"Warum denkst du, ich sage ja?"

"Ich stelle mir vor, dass Sie hier sind, um einen dummen Freund zu vergessen, der sich von Ihnen getrennt hat, oder dass einige Freunde Sie verlassen haben, um Dinge zu tun, die wichtiger sind, als Zeit mit ihrem symbolischen Freund zu verbringen." Peter beugte sich vor und strich mit den Lippen über ihre Stirn. "Nur eine Nacht. Keine Bedingungen."

Linda stöhnte.

Woher kannte er sie so gut?

Sie nickte nur und als er seinen Arm um ihre Schultern schlang, verschmolz sie mit seinen Armen.

KAPITEL 3

Sie gingen die kurze Strecke zum Hotel und er ging zu den Aufzügen.

Anstatt die Hauptaufzüge zu benutzen, steckte er seinen Schlüssel in einen Schlitz für einen abgelegenen Aufzug.

Linda sah sich um und klaffte.

Das Hotel war fein eingerichtet und die Tatsache, dass er einen separaten Aufzug benutzte, deutete darauf hin, dass er eine der Suiten in der obersten Etage hatte.

Sie stiegen in den Fahrstuhl und er küsste sie zuerst.

Es war ein harter Kuss und er spürte, wie sich seine Knie krümmten.

Er umarmte sie fest und drückte sie gegen die Wand.

Seine Zunge bewegte sich gegen ihre Lippen und als sie ihren Mund öffnete, schob er sie hinein.

Peter liebte das Gefühl von Lindas Lippen.

Sie waren weich und nass und alles was er wusste war, dass er sie wollte.

Als sich die Aufzugstüren öffneten, keuchte Linda heftig und Peters Schwanz drückte sich unbehaglich gegen ihre Anzughose.

Sie trat einen Schritt zurück und hasste das Gefühl, dass seine Lippen sich von ihren trennten.

Der Aufzug hatte sich zur Suite geöffnet und Linda schnappte nach Luft.

Es war doppelt so groß wie ihre Wohnung und sie erkannte, dass es nur das Wohnzimmer war.

Es gab zwei Türen auf jeder Seite und sie bemerkte eine Tür zum Balkon.

"Voraus."

Peter führte sie hinein und führte sie in den Raum.

Das Bett war ein King Side und das Zimmer roch nach Lavendel und Männer Köln.

Es war nicht der normale Geruch eines Hotelzimmers.

Peter zog Linda zu sich und küsste sie.

Es war ein intensiver Kuss und er versuchte langsamer zu werden, konnte es aber nicht.

Er lehnte sie gegen das Bett und begann ihr Kleid zu öffnen.

Linda ließ ihre Arme an seine Seite fallen und ließ sich von ihm ausziehen.

Als ihr Kleid über ihren Körper rutschte, löste er ihren BH.

Er warf es beiseite und fing an, ihre Brustwarzen zu streicheln.

Sie ließ sich auf die Knie fallen, zog ihr Höschen an und als sie ihre Knöchel erreichten, zog sie sie aus und warf sie in die gleiche Richtung wie ihren BH.

"Du riechst wunderbar." Peter teilte ihre Schamlippen und leckte sanft ihren Kitzler. "Und Gott, du schmeckst unglaublich."

Peter schob sie auf das Bett und zog seine Krawatte aus.

Er drückte seinen Körper gegen ihren und führte sie zum Bett.

Sie sah ihn nur mit großen Augen an und als er seine Hände über ihren Kopf schob und die Seidenkrawatte um ihre Handgelenke und das Kopfteil band, sagte sie kein Wort.

"Du gehörst mir heute Nacht."

Peter zog sich schnell aus und ließ sich zwischen ihren Beinen nieder.

Er spreizte wieder seine Lippen und fing an, ihre tropfende Muschi zu lecken.

Sie schmeckte so gut und jedes Mal, wenn sie ihn leckte, wurde sie nasser.

Er steckte zwei Finger in ihr Loch und spürte, wie sie sich windete.

"Oh Gott, Peter. Ich muss kommen."

Linda wand sich und es war sehr aufregend für sie, ans Bett gefesselt zu sein.

"Du wirst nicht kommen, bis ich es sage."

Seine Stimme war sehr maßgebend.

Antwortete Linda stöhnend.

Sie nickte und versuchte sich zu beherrschen.

Sie war noch nie so erregt gewesen und wollte betteln und ihn bitten, sie kommen zu lassen.

Peter erlaubte es nicht.

Er brachte sie näher zum Orgasmus und blieb dann stehen.

Nach dem dritten Mal zog sie an seiner Krawatte, aber sie wusste, dass er sie perfekt gebunden hatte.

Fest genug, dass es sich nicht lösen konnte, abèr nicht fest genug, um die Durchblutung zu unterbrechen.

"Jetzt wirst du kommen." Peter zischte diese Worte und steckte drei Finger tief in ihre Muschi.

Die Kombination seiner Finger in ihr und seiner Stimme, die sie aufforderte zu kommen, drückte sie über die Kante.

Sie kam so hart, dass es ein wenig spross.

Als er fertig war, streckte Peter die Hand aus und löste die Krawatten.

Er zog sie an sich und lächelte, als sie seine Brust als Kissen benutzte.

"Du bist müde, Baby. Geh schlafen."

Peter fuhr sich mit den Fingern durch die Haare, als sie einschlief.

KAPITEL 4

Linda öffnete die Augen und versuchte sich zu erinnern, wo sie war.

Sie fühlte etwas Hartes und Heißes an ihrer Wange und sah, dass Peter neben ihrem Kopf kniete.

"Saugen Sie es. Jetzt."

Lindas Gedanken rasten.

Sie erinnerte sich daran, Peter in der Schlange für die Kassiererin getroffen zu haben.

Sie hatten die Nacht zusammen mit Blackjack verbracht und waren in ihr Hotelzimmer zurückgekehrt.

Sein Schwanz tropfte nach vorne und er führte sie in seinen Mund.

Sie war nicht wie zuvor ans Bett gefesselt, aber sie saugte eifrig an seinem Schwanz.

Er war stumpf mit ihr und stieß seinen Schwanz tief in ihren Hals.

Sie würgte ein wenig und er wich zurück.

Eine Hand führte seinen Schwanz in ihren heißen Mund hinein und aus ihm heraus, während die andere ihre Finger durch seine Haare fuhr.

"Nennen Sie mich Sir. Sie gehören mir, bis ich Sie gehen lasse. Jetzt machen Sie es stärker."

Linda nickte und ging auf die Knie.

Sie war vor ihm, als er sich auf das Bett kniete und als sie weiter an seinem pochenden Glied saugte, fuhr er mit seinen Händen über ihren Arsch.

Der erste Schlag war stark und hart.

Linda stöhnte, wagte aber nicht aufzuhören, seinen Schwanz zu lutschen.

Er schlug sie wieder auf den Hintern und diesmal konnte sie fühlen, wie es stach.

Immer wieder verprügelte er sie und beim vierten Schlag hatte sie sich völlig entspannt und schluckte seinen Schwanz mit Leichtigkeit.

Peters Augen rollten bei seinem Gesichtsausdruck zurück.

Sie war eine gute Schwanzlutscherin.

"Ich werde dich jetzt ficken."

Linda nickte und bewegte sich, damit sie sich auf das Bett legen konnte.

Er kletterte nach oben und begann seinen Schwanz in sie zu schieben.

"Brauchen wir ein Kondom?" Peter stellte die Frage ruhig.

Er wusste, dass er fragen musste und er wünschte, sie hätte die richtige Antwort.

"Ich nehme die Pille."

Linda wartete auf seinen Gesichtsausdruck.

War das die richtige Antwort für ihn?

Sie wollte ihm sehr gefallen.

Peter nickte und schob sie auf seinen Schwanz.

Es war dick und ihre Muschi dehnte sich mehr als sie es gewohnt war.

Er wichste sie hart und schnell an seinem Schwanz.

"Reite mich stärker."

Peter packte ihren runden Arsch und ließ sie auf seinen Schwanz springen.

Es fühlte sich so gut an, dass er fast die Kontrolle verlor.

Fast.

"Kneif deine Brustwarzen für mich. Schwer."

Linda nickte und kniff in ihre kleinen rosa Brustwarzen.

Sie zuckte ein wenig vor Schmerz zusammen.

"Stärker."

Peter starrte sie an und sie wollte ihm unbedingt gefallen.

Sie kniff sie und zog ein bisschen daran.

Ihre Brüste waren ziemlich groß, aber ihre Brustwarzen waren immer empfindlich gewesen.

"Nein, so." Peter hasste es, wie sanft er war.

Er streckte die Hand aus und packte ihre Brustwarzen zwischen Daumen und Mittelfinger.

Er fügte die beiden zusammen und sah zu, wie Linda ihren Kopf zurückwarf und kam.

Er grunzte, als sie ihre Hüften schnell gegen seinen Schwanz bewegte und so tief stieß, dass sein Schwanz den Eingang zu ihrem Leib berührte.

Er kniff weiter und fühlte sich wieder gekommen.

Ihre Muschi pochte und sprudelte gleichzeitig.

Er ließ ihre Brustwarzen los und trat in sie ein.

Er fluchte laut, als er ankam.

Es war so mächtig, dass sie spürte, wie sich sein Schwanz in ihr ausdehnte.

Linda war kaum bei Bewusstsein, als sie versuchte, sitzen zu bleiben.

"Gutes Mädchen. Du bist mein Mädchen. Mein Baby."

Linda konnte nur nicken, als sie auf ihn zusammenbrach und ohnmächtig wurde.

KAPITEL 5

Linda wachte am Morgen auf und stellte fest, dass sie alleine im Bett war.

Sie war nackt und ihr ganzer Körper tat weh.

Als sie sich aufsetzte, konnte sie Eier und Speck riechen und fragte sich, ob Peter Frühstück bestellt hatte.

Er stand auf und suchte nach etwas zum Anziehen.

Die Badezimmertür war offen und an einem der Haken hing ein weißes Gewand.

Er zog es an und zum Glück sah er sich nicht im Spiegel an.

Wenn sie es getan hätte, hätte sie die Markierungen an ihren Handgelenken von der Seidenkrawatte zusammen mit der Rötung ihrer Brustwarzen durch die Drehung bemerkt.

Und ihr Hintern hatte einen schönen Rosaton.

"Guten Morgen." Peter saß am Esstisch und frühstückte.

Es gab einen anderen Platz und Linda setzte sich und goss sich etwas Saft ein.

"Wie hast du geschlafen, Baby?" Peter trug seinen Business-Anzug, aber er liebte es, wie schön Linda nur in der Robe aussah.

"Ich habe sehr gut geschlafen. Ich bin allerdings ein bisschen wund." Lindas Gesicht wurde rot.

Sie schämte sich zuzugeben, dass sie das Gefühl mochte, wund zu sein.

Sie wollte mehr, wusste aber, dass ihr Arrangement in der Nacht zuvor eine Nacht unverbindlichen Sex war.

"Ich bin froh. Ich habe auch sehr gut geschlafen. Ich bin sicher, dass es geholfen hat, einem blonden Kracher taub zu sein."

"Kracher?" Linda hatte diesen Begriff noch nie gehört, fühlte sich aber wohl genug, um zu fragen.

"Ja. Du bist klein, zierlich und leicht. Du bist leicht zu tragen und springst auf meinen Schwanz, während du wild und sexy aussiehst. Ich habe es geliebt."

Lindas Gesicht wurde wieder rot.

Sie war normalerweise ruhig und romantisch beim Sex und als die Erinnerung an die Nacht zuvor vor ihren Augen erschien, erkannte sie von einer Seite, von der sie nicht wusste, dass sie existiert.

Linda antwortete nicht.

Stattdessen fing sie an zu frühstücken.

Er war hungrig und dachte, dass alle außerschulischen Aktivitäten der Nacht zuvor Kalorien verbrannt hatten.

"Also weiß ich, dass ich letzte Nacht damit gerechnet habe und ich weiß, dass ich gesagt habe, ich hätte keine sexuellen Bedingungen, aber ich habe es mir anders überlegt. Ich bin ein paar Tage in der Stadt und würde gerne diese unterwürfige Seite von dir erkunden, wenn du es zulässt."

Linda dachte darüber nach, als sie die Eier kaute.

Sie war erst seit ein paar Monaten Single, hatte aber die Intensität des Geschlechts vermisst.

Sie war noch nie so aufgeregt gewesen.

Es gab keine Beziehung, nur Sex.

Sie konnte das tun.

"Natürlich. Muss ich Sie Sir nennen?" Linda lächelte und als Peter lachte, wusste er die Antwort.

"Allein im Schlafzimmer. Oder wo immer wir ficken. Ich muss ein paar Stunden ins Büro. Ich bin wieder um eins. Ich möchte, dass du duschst und nackt bist. Leg dich auf den Esstisch und warte auf mich."

Linda nickte.

Er küsste sie auf die Wange, bevor sie das Hotelzimmer verließ.

Linda hatte keine Ahnung, worauf sie sich eingelassen hatte, aber sie wusste, dass sie es mögen würde.

KAPITEL 6

Auf Wunsch duschte sie und steckte ihr blondes Haar in einen Pferdeschwanz.

Er war so freundlich, es ihr zu sagen, als sie im Hotel ankam, und als er die Suite betrat, lag sie auf dem Esstisch.

"Mmm Baby. Reibe deine Muschi."

Linda gehorchte und sah zu, wie Peter herüberkam und sich an die Spitze des Tisches setzte.

Seine Beine waren offen für ihn.

Er leckte seine Finger und schob sie dann gegen ihren Kitzler und begann zu reiben.

Sie wusste genau, was sie tun musste, um sich einzuschalten und stöhnte und schnappte schnell nach Luft.

"Komm nicht. Hör auf dich selbst zu berühren."

Linda sah Peter mit großen Augen an.

Sie bewegte ihre Hand und holte tief Luft.

"Ich will kommen."

"Du kommst nur, wenn ich dich verlasse. Jetzt lutsch meinen Schwanz."

Peter stand auf und knöpfte seine Hose auf.

Er drehte sie so, dass sie mit dem Kopf vom Tisch auf dem Rücken lag.

Sie führte seinen Schwanz in ihren Mund und stieß.

"Du bist ein böses Mädchen. Sehr böse."

Peter schlug auf ihre Muschi und wartete auf eine Reaktion.

Sie stöhnte und er tat es erneut.

"Böse Mädchen werden bestraft."

Er rollte ihre Brustwarzen zwischen Daumen und Zeigefinger und sie blieb stehen.

Ihr Mund war eng um seinen Schwanz und sie hatte überhaupt nicht aufgehört an seinem Schwanz zu saugen.

Er wollte in ihren Mund kommen, also drückte er ein letztes Mal und stöhnte.

Linda versuchte sich zurückzuziehen, konnte es aber nicht.

Er konnte nur die heiße salzige Flüssigkeit schlucken, die seinen Mund überflutete.

Schließlich, als er fertig war, sein Sperma in ihren Mund zu gießen, zog er sich zurück.

"Du bist ein guter Schwanzlutscher. Ich denke du hast es verdient zu kommen."

Lindas Augen flehten.

Sie wollte unbedingt ihren Kitzler reiben.

Die Rauheit, die Peter an ihr benutzte, war so aufregend und er wusste, dass sie kommen würde, sobald er ihren Kitzler berührte.

"Kann ich kommen? Bitte?"

Linda bettelte, als sie am Esstisch saß.

Peter sah sie an, ohne zu dulden, und wartete.

Er liebte es, wie unterwürfig sie sich benahm und aus der Pfütze unter ihr wusste er, dass sie angemacht war.

"Kommen Sie."

Peter packte sie am Handgelenk und führte sie ins Zimmer.

Bevor sie es wusste, war sie wieder ans Bett gefesselt, diesmal mit dem Gesicht nach unten.

Er spreizte ihre Beine und schlug auf ihr linkes Gesäß.

Der Schlag hallte durch den großen Raum und tat es erneut.

Linda wagte es nicht zu weinen, vergrub nur ihren Kopf im Kissen und stöhnte vor Aufregung.

"Mein böses Mädchen verdient Bestrafung. Sag mir, warum du ein böses Mädchen bist."

Linda hörte kaum zu.

Sie war verzweifelt nach etwas, das sie kommen ließ, und je mehr sie an den Krawatten zog, die ihre Hände zusammenhielten, desto frustrierter wurde sie.

"Sag mir, warum du ein böses Mädchen bist oder ich werde aufhören."

Linda riss sich aus dem Schlaf.

"Ich bin ein böses Mädchen, weil ich mich trennen will. Ich bin ein böses Mädchen, weil ich nicht auf dich gehört habe."

Linda spuckte die Worte aus und betete, dass er sie berühren möge.

Peter lächelte.

Er hatte sie für heute genug geschubst.

Er tauchte seinen Schwanz in ihre Muschi und fickte ihren Doggystyle.

Er schlang seine Hände um ihren Pferdeschwanz und zog sich zurück.

Er knallte immer wieder gegen sie und spürte, wie sie zweimal hintereinander kam.

Sie schwieg, als sie ihren Kopf in die Kissen vergrub.

Schließlich drückte er und kam in sie hinein.

"Oh Scheiße, du bist sexy." Peter schnappte nach Luft, als er seinen Krawattenknoten löste und ihn frei ließ.

Linda konnte nur lächeln.

"Ich hasse es, wenn du morgen gehst."

Linda biss sich auf die Lippe, um ihre Gefühle zu verbergen.

Sie wollte, dass das für immer so weiterging.

ZWEITER TEIL

KAPITEL 7

Linda kaufte Kleidung.

Peter hatte ihr eine Kreditkarte gegeben und sie wartete gespannt auf seine Ankunft in der Stadt.

Sie hatten sich vor ein paar Monaten getroffen und jedes Mal, wenn er in der Stadt war, verbrachten sie Tage mit intensivem und rauem Sex.

Sie hatte es genossen, so unterwürfig zu sein, und es dauerte fast eine Woche, bis sie sich von den intensiven Orgasmen beim ersten Mal erholt hatte.

Linda trug ein ärmelloses Oberteil und Jeansshorts.

Ihr blondes Haar war geflochten und sie sah sich ein wunderschönes Set mit BH und Höschen an.

Es war spitz und hatte den perfekten Rosaton.

Ihr Telefon klingelte und sie antwortete.

"Hallo?"

"Reibe deine Muschi für mich."

Peter war bereits im Hotel eingecheckt.

Er hatte einen frühen Flug genommen, damit er etwas Zeit hatte, um mit Linda zu spielen.

Er stellte sich vor, sie würde einkaufen.

"Ich bin in der Öffentlichkeit, Peter."

Linda hoffte, dass niemand ihre Stimme über das Telefon hören konnte.

"Es ist mir egal. Reibe deine Muschi."

Linda bewegte sich so, dass niemand sehen konnte und begann, ihre Finger an ihren Jeansshorts zu reiben.

"Schieben Sie Ihren Zeigefinger in Ihre Muschi."

Linda tat, was ihr gesagt wurde.

Sie war bereits durchnässt und fragte sich, ob sie dabei erwischt werden würde.

Die Verkäuferin war mit einem anderen Kunden beschäftigt und bemerkte nicht, dass Linda sich gegen das Regal teurer BHs windete.

"Bist du kurz vor der Ankunft?"

"Uhhhh".

Linda konnte nicht sprechen.

Der Ton seiner Stimme war so gebieterisch und Peter hatte gerade erst begonnen.

"Gut. Jetzt hör auf dich selbst zu berühren und triff mich in der Hotellobby."

Peter legte auf und ließ sich in seinem Zimmer nieder.

Er konnte sich Linda im Einkaufszentrum vorstellen oder die Straße entlang gehen, die verzweifelt nach Sperma suchte.

Er wusste, dass sie sich nicht berühren würde, bis er es sagte.

***

Linda fluchte leise und beschloss, den teuersten BH und das teuerste Höschen im Laden zu kaufen.

Sie kaufte die Dessous und ging zügig zu einem Taxi.

Den ganzen Weg wand sie sich auf ihrem Sitz.

Sie wollte unbedingt kommen und war gespannt auf Peter.

Er sprang praktisch aus der Kabine und rannte in die Hotellobby.

Er sah sich um und konnte es nicht sehen.

Ihr Telefon klingelte und sie antwortete.

"Ja?"

"Fragen Sie die Rezeption nach meinem Zimmerschlüssel."

Linda legte auf und rannte praktisch zur Rezeption.

Er nahm den Schlüssel, den sie ihm gaben, und war so schnell er konnte im Aufzug.

In dem Moment, als sich die Türen der Suite öffneten, rannte sie ins Wohnzimmer.

Peter trug einen Seidenpyjama und einen langen Seidenschal.

"Fick dich selber."

Linda rannte und versuchte ihn zu küssen.

Seine Hände wanderten über ihren ganzen Körper, aber er stieß sie weg.

"Reibe meine Muschi. Zeig mir, wie sehr du es brauchst."

Linda zog ihre Jeans und ihr Höschen aus und fiel auf die Knie.

Sie spreizte ihre Knie und ihre Hüften wiegten sich, als seine Finger tief in ihre Muschi gruben.

Peter sah auf und lächelte.

Sie war so geil und er liebte es.

"Halt."

Linda sah auf.

Er wollte unbedingt weitermachen, wusste aber, dass er gehorchen musste.

"Jawohl."

Peter griff nach ihrer Hand und drehte sie hinter ihrem Rücken.

Er packte auch ihre andere Hand.

Er biss sich so fest in ihren Hals, dass er Spuren hinterließ.

Linda war so erregt von seinem Biss, dass sie nicht merkte, dass ihre Hände bereits gebunden waren.

"Du bist heute Abend meine Hure. Sag es. Sag mir, dass du meine Hure bist."

"Ich bin deine Hure."

Lindas Augen waren glasig und alles, woran sie denken konnte, war sein Schwanz.

Ihre Hose bedeckte sie und sie konnte einen feuchten Kreis sehen, in dem sich der Kopf seines Mitglieds befand.

Er konnte fast ihr Precum in seinem Mund schmecken.

Sie war so geil.

Peter sah Linda an und wusste, dass er heute Abend bereits mit ihr an seine Grenzen gehen würde.

Das hatte er gehofft, seit er sie im Casino getroffen hatte.

KAPITEL 8

Er zog sie am Seidenschal und drückte ihr Gesicht auf das Bett.

Er schlug ihn dreimal so hart wie sonst auf den Hintern, bis er seinen Handabdruck sah.

"Du bist meine Hure. Ich werde dich heute Nacht kommen lassen."

Linda konnte nicht einmal antworten.

Er rieb ihren Kitzler auf den weichen Laken, bekam aber keinen ausreichenden Druck, um sie zu sättigen.

Sie war bereit zu kommen, aber Peter reparierte es.

Er versenkte vier Finger in ihre Muschi und stieß hart.

Sein Daumen fand ihren Kitzler und rieb ihn.

Seine Hand war mit ihren Säften bedeckt und er liebte es.

Er spürte, wie sie zum ersten Mal kam.

Er hatte kaum Zeit, sich zu erholen, als er ihren Gebärmutterhals fand und anfing, ihn zu streicheln.

Sie schrie und versuchte wegzukommen.

Es war ein so sensibler Teil und ich wollte gleichzeitig schreien und stöhnen.

Sein Zeigefinger, der langsam das empfindliche Pad in ihrer Muschi streichelte, machte sie verrückt.

Sie war wieder kurz vor dem Orgasmus, aber der Schmerz seiner Berührung hielt sie zurück.

Peter hielt sie fest und setzte den Angriff fort.

Er berührte sie härter und schneller.

Als sie wieder ankam, spürte sie einen Strom heißer Säfte auf ihrer Handfläche.

Er streckte die Hand aus und packte sie am Hals.

Sie verwandelte sich in ein Chaos und er liebte sie.

Er zog seine Hand aus ihrer Muschi und zog seine Hose runter.

Er schob seinen Schwanz in sie und fing an sie zu ficken.

"Du bist meine Hure. Ich liebe deine enge und feuchte Muschi. Ich werde deine Muschi mit meinem Sperma überfluten."

Peter warf sie an der Seidenkrawatte hin und her und als er ankam, schrie er.

Es fühlte sich so gut an, in sie zu kommen.

Er erkannte, dass er normalerweise länger durchhalten konnte, aber bei Linda war es anders.

Nur an sie zu denken machte ihn an.

Der Anblick von ihr ließ seinen Schwanz pochen und als er sie berührte, war sie dem Orgasmus nahe.

"Gott, ich liebe es dich zu ficken. Ich habe erst morgen früh ein Treffen. Also wirst du bis dahin mein kleines Spielzeug sein."

ENDE

FÜR DIESEN ANLASS ANGEZOGEN

Die Stille der Nacht umgab sie, drückte sie mit ihrer Gelassenheit und versuchte, ihre Angst zu beruhigen.

Das konnte sie jedoch nicht beruhigen.

Ungezügelte Gefühle, an die sie nicht gewöhnt war und die sie noch nie zuvor erlebt hatte, schossen durch ihren Körper und machten sie nervös.

Ihre Absätze klickten leise über den gepflasterten Weg, als sie zum Himmel aufblickte.

Warum gehst du heute Abend dorthin?

Warum hatte sie sich so angezogen?

Sie konnte die Kraft spüren, die sein Blick auf sie hatte.

Sie seufzte und erlaubte ihren Gedanken, nicht mehr an die Ereignisse zu denken, die heute Abend passieren könnten.

***

Es fühlte sich an, als wäre jeder Blick auf sie gerichtet, als sie die Räumlichkeiten betrat.

Ihre hochhackigen Schuhe klickten gegen den Holzboden, als sie über die Tanzfläche schritt und sich der Bar näherte.

Der Rock ihres rot-schwarzen Outfits schwankte bei jedem Schritt von einer Seite zur anderen, der rote Streifen floss gegen ihr Knie, während der schwarze ein paar Zentimeter darüber ruhte.

Die Bluse hing lose an ihren Schultern, über ihre Brüste, sprang gerade genug auf, um bei jedem Schritt Aufmerksamkeit zu erregen und zeigte einen großzügigen Hautanteil.

Und ohne BH.

Sie wusste, wie sie in diesem Outfit aussah.

Es sah aus wie eine Schlampe.

Sie hatte den Look mit einem schwarzen Spitzenhalsband um den Hals und einem Hauch von rotem Lippenstift beendet.

Er saß zwischen einem Mann und einer Frau und lächelte den Kellner an.

"Hallo James"

"Samy. Wie schön ist es dich wieder zu sehen." Er ließ seine Augen langsam über sie über ihr Gesicht und ihre Brüste gleiten. "Sehr gut. Und für wen ist der Anlass?"

Sie schüttelte den Kopf und lächelte, wodurch eine Locke über ihr Ohr fiel.

"Es gibt keinen Anlass. Ich wollte mich nur so anziehen."

Er griff über die Bar und steckte die Locke hinter ihr Ohr.

Seine Finger berührten ihre Wange und sie vergaß fast zu atmen.

"Du solltest dich öfter so anziehen."

"Vielleicht werde ich."

"Ich werde jetzt nachts gegen elf die Arbeit verlassen. Möchtest du später tanzen?"

Sie nickte langsam und konnte ihren Blick nicht von seinem losreißen.

Mit sehr langsamer Präzision beugte er sich über die Bar und brachte seine Lippen näher an ihre, vertiefte den Kuss so weit, dass sie mehr wollte, bevor er sich zurückzog.

"Ungefähr zwanzig Minuten."

***

Diese zwanzig Minuten waren in Samys Leben nie länger gewesen.

Sie beobachtete die ganze Zeit alles um sich herum und bemerkte jede Bewegung, die er machte, ohne ihn überhaupt anzusehen.

Es war, als ob ihre Sinne mit ihrem Körper übereinstimmten, aber sie zuckte immer noch zusammen, als er sie auf dem Schulterrücken berührte.

Er hatte den Kragen seines schwarzen Hemdes aufgeknöpft und lächelte sie an und streckte seine Hand aus.

"Ich denke du schuldest mir einen Tanz."

Als sie ihre Hand in seine legte, war es, als ob eine kleine Entladung von Elektrizität durch ihren Körper ging.

Er lächelte, als er sie zu einer Ecke der Tanzfläche führte und sie dann an seinen Körper zog, als sich das Lied änderte.

Es war langsam und verführerisch und sein Schlag schien ihrem Herzen zu entsprechen, als sie sich gegen ihn drückte.

Und dann war sie sich plötzlich der harten Konturen bewusst, die sich gegen seinen weichen Körper kräuselten.

Sie schlang ihre Arme um ihn und drückte ihre weichen Rückenkurven mit ihren Händen, während sie hin und her schaukelten.

Er beugte sich vor und drückte seine Lippen gegen ihre, teilte sie sanft und verführte sie mit seiner Zunge.

Seine Hand glitt tiefer über ihren Rücken, ruhte auf ihrer Hüfte und rutschte tief genug, um eine Arschbacke zu streicheln, als er ihren Unterkörper gegen seinen zog.

Sie schnappte nach Luft, als er wirklich fest gegen sie drückte und sie hätte schwören können, dass sie ihn stöhnen hörte.

Aber genau wie er, rief der andere Kellner ihn an und er seufzte und senkte seinen Kopf zurück.

"Samy ... ich bin gleich wieder da. Ich schwöre, ich werde es tun. Geh nirgendwo hin."

Sie nickte dumm, als sie von der Tanzfläche in eine abgelegene Kabine ging.

Er sah, wie James zur Bar zurückkehrte, sich wieder über ihn beugte und mit Joseph sprach.

Joseph war der Ersatz-Barkeeper für die Nacht.

Er übernahm immer, wenn James in den Ruhestand ging.

Als er eine große, langbeinige Blondine zu sich kommen sah, wurde ihm etwas klar.

Sie war nicht so ein Mädchen.

Er hatte keine Ahnung, was er tat.

James war der Typ Mann, der immer ein Mädchen zur Verfügung hatte, jedes große, blonde, super sexy Mädchen.

Und sie war klein, brünett und Latina.

Sie rannte los.

So schnell und leise er konnte.

Er ging zur Tür und als er über seine Schulter sah, sah er die Blondine, die sich dicht an James beugte und mit ihren Fingern über seinen Arm fuhr.

Sie seufzte und schüttelte den Kopf, als sie ihren Weg fortsetzte.

Es wäre nicht gut, anzuhalten und darüber nachzudenken.

Ihre Füße fingen an, von ihren Fersen zu schmerzen, also zog sie sie ab und trat vom Kopfsteinpflasterweg, wobei ihre Füße sie zum Ufer des Flusses führten, den sie so gut kannte.

Er tauchte mit den Füßen in das Flussufer und starrte nur lange auf das Wasser.

"Was habe ich gedacht?" Sie murmelte schließlich.

"Das würde ich gerne wissen."

Sie schrie fast, als sie sich umdrehte.

James stand hinter ihr, die Arme wütend verschränkt und die Stirn gerunzelt.

Aber das Stirnrunzeln wurde langsam durch einen Ausdruck von Verwirrung und Besorgnis ersetzt.

"Samy, du weinst. Was ist los mit dir?"

Sie sah von ihm weg und überquerte den Fluss zum anderen grasbewachsenen Ufer.

"Ich hätte es nicht tun sollen. Ich hätte heute Abend nicht so gekleidet in die Bar kommen sollen. Ich hätte nicht gedacht, dass ich eine Chance hätte."

"Samy, wovon zum Teufel redest du?"

Er griff hinüber und ließ seine Hand auf ihre Schulter fallen.

Sie zitterte, ihr war kalt.

Er zog hastig seinen Mantel aus, warf ihn über ihre Schultern und trat hinter sie, um ihre Arme zu reiben.

"Du hast dort wunderschön ausgesehen. Ich glaube, ich habe vergessen, wie ich atmen musste, als du reinkamst."

"Ich habe die Frauen gesehen, mit denen du normalerweise zusammen bist. Ich bin nicht wie sie, James. Ich bin nicht elegant oder super sexy. Ich bin weder blond noch groß noch langbeinig, noch habe ich einen perfekten Körper wie sie. Ich habe keine Lösung darin dagegen. Er wusste nicht einmal, was er tat. " Sie beendete im Flüsterton.

"Wirklich? Du hättest mich da rein täuschen können."

Er drehte sie zu sich und beugte sich vor, drückte seine Lippen an ihren Hals.

Sie schauderte.

"Dein Körper fühlte sich perfekt an, als du mich auf dieser Tanzfläche gegen dich gedrückt hast."

Er streckte die Hand aus, umfasste ihre Brust und zeichnete den Umriss ihrer Brustwarze durch ihre Bluse.

Es ließ sie ein wenig zittern.

"Sie schienen sicher zu wissen, was sie tun wollten, als wir uns küssten und zusammenschoben."

Er beugte sich über sie und zwang sie, sich hinzulegen, bis sie auf dem Boden lag.

"Lass mich dir zeigen, Samy. Lass mich dir zeigen, dass du mehr bist als du denkst."

Seine Lippen glitten gegen ihre, bevor sie über ihren Nacken und über die dünne Bluse glitten, die ihre Brüste bedeckte.

Ihr Atem stockte in ihrer Kehle, als seine Lippen zuerst eine Brustwarze und dann die andere fanden und langsam saugten, als sie sich in seine Berührung wölbte.

Seine Finger fanden geschickt den Saum ihrer Bluse und begannen ihn langsam hochzuziehen, wobei sie ihre Haut neckten, als sie enthüllt wurde.

Er hob sie an ihren Brüsten vorbei und hielt sie direkt über sie, als er ihre rechte Brust küsste und ihre Haut genoss.

Sie stöhnte, als James endlich seine Lippen auf ihre Brust legte, die Brustwarze zwischen seine Zähne nahm und sanft daran zog, bevor er daran saugte.

Sie stöhnte noch lauter, als seine Hand begann, ihre andere Brust zu kneten und seine Handfläche wiederholt über ihre Brustwarze rollte.

"Siehst du?" Er atmete gegen ihre Haut. "Du bist die perfekte Frau".

Er begann sie auf dem Weg nach unten zu küssen und umkreiste ihren Bauchnabel mit seiner Zunge.

James lächelte sie an, als er nach ihrem Rock griff und anstatt ihn zu senken, schob er ihn hoch.

Der vordere Teil war zurückgeklappt und im nächsten Moment platzierte er sanfte, verspielte Küsse auf ihrem heißen Hügel über ihrem Höschen.

Sie war schon nass.

Er konnte es durch ihr Höschen fühlen, als er seine Nase an ihr rieb.

Sie zitterte unter ihm und er streichelte sanft seine Finger auf und ab, als er seine Zähne benutzte, um ihr Höschen nach unten zu schieben.

Er küsste sie erneut, keine Barriere zwischen seinen Lippen und ihrer Muschi schon.

Er begann seine Zunge über ihren Schlitz zu schieben und sie stöhnte, ihre Hüften bogen sich wild, so dass er seine Zunge tief in sie drückte und sie über ihren Kitzler fuhr.

Samy stöhnte und bog sich gegen seine Zunge, Vergnügen strömte durch sie, als er seine Zähne gegen ihren Kitzler putzte und einen Finger in sie schob.

"Ich habe gelogen", hauchte er gegen ihren Kitzler. "Ich habe nicht nur vergessen, wie man atmet."

James saugte sanft an ihrem Kitzler und sein Finger pumpte in ihre Spannung hinein und aus ihr heraus.

"Ich bin fast in meine Hose gekommen, nur um dich zuerst zu sehen."

Ihre Finger griffen nach seinen Haaren und er lächelte gegen ihre Muschi, als er einen zweiten Finger in sie schob und seine Zunge wiederholt über ihren Kitzler fuhr, bis ihr Körper unter seinem Mund zitterte.

Seine Finger streichelten sie rein und raus, erregten sie und überredeten ihren Körper zu reagieren, bis sie sich gegen seine Hand und Zunge balancierte.

"James", ihre Stimme stockte fast, als sie sich in seiner Hand drehte. "Bitte hör jetzt nicht auf!"

Seine Worte kamen in einem sanften verschwörerischen Ton heraus, aber es wurde schnell lauter, als sie entzückt aufschrie.

Er knabberte sanft an ihrem Kitzler und jetzt saugte er hart an ihr und seine Finger drückten fest in sie hinein und nahmen ihren Höhepunkt.

Er leckte eifrig ihre Säfte und als das Zittern seines Körpers langsamer wurde,

Als er fertig war, ging er über sie hinweg.

Er lächelte und lehnte seine Stirn an ihre und ließ seinen Körper gegen ihre streichen, als er in ihre Augen sah.

"Ich habe dir gesagt, du bist genauso eine Frau wie sie, wenn nicht mehr."

Seine Augen schimmerten mit etwas, das Zweifel gewesen sein könnte, als er in James 'Augen sah, aber dann ließ er seine Finger über seine Brust und bis zu der harten Ausbuchtung in seiner Hose laufen.

"Ist das der Grund, warum du es so schwer hast?

Warum bin ich eine Frau wie sie? "

Ihre Finger berührten seinen Schwanz auf und ab und er konnte das Stöhnen nicht unterdrücken, das an seinen Lippen vorbeiging.

Er hatte jedoch keine Chance zu antworten, als ihre Lippen seine fanden und alle Gedanken aus seinem Kopf gelöscht wurden.

Ihre Finger glitten zu seiner Brust und er begann geschickt sein Hemd aufzuknöpfen.

Er zog es schnell aus seiner Hose und schob ihn beiseite, während er sein Hemd komplett auszog.

Der Knopf an seiner Hose riss auf und der Reißverschluss rutschte fast von alleine.

Sie zog seine Hosen und Boxer so weit herunter, dass er seinen Schwanz losließ, schlang ihre kleine Hand darum und streichelte sie langsam, so dass er stöhnte und sich eifrig gegen ihre Hand drückte.

Er stöhnte verärgert und stand auf, zog seine Hosen und Boxer in einer Bewegung aus und drehte sich zu ihr um.

Sie war jetzt auf den Knien und lächelte ihn an, als sie erneut ihre Hand um ihn legte.

Er beugte sich über sie, streichelte sie langsam und schloss seine Augen.

Im nächsten Moment teilte er sie jedoch, als ihre Lippen sich um seinen Schwanz legten und sie langsam auf seinem harten Glied auf und ab bewegten.

Er legte nun seine Hände auf ihren Hinterkopf und begann sie langsam in seinen Mund hinein und heraus zu schieben. Er stöhnte, als sie ihn bei jeder Bewegung saugte.

Es dauerte nicht lange, bis die leichten Striche schnell und kurz wurden. Samy saugte stärker, je schneller er seinen Kopf bewegte.

Seine Hand streichelte seine Eier und rollte sie hin und her, während sich ihr Mund um ihn zusammenzog.

Als sie mit ihrer Zunge auf dem Kopf seines Schwanzes spielte, explodierte er in ihrem Mund.

Sie schluckte schnell, als er seinen Spritzer auf sie senkte und ihren Mund und Hals gegen seinen Schwanz drückte, was ihn noch härter und mit mehr Spritzen kommen ließ, bis er sich schließlich erschöpfte.

Er schob seinen Schwanz langsam aus seinem Mund und ließ seinen Blick auf den Boden fallen.

Er fiel vor ihr auf die Knie und legte seine Hand auf ihre Wange.

Sie waren nur einen Schritt entfernt, als James 'Finger über die Seite ihres Gesichts fuhr, seinen Finger unter ihr Kinn senkte und ihre Augen zu seinem hob.

"Wir sind noch nicht fertig."

Seine Stimme war so leise, dass ihr Schüttelfrost über den Rücken lief, als sie ihn verwundert anstarrte.

Er beugte sich vor und drückte seine Lippen gegen sie, um den Kuss schnell zu vertiefen.

Als seine Zunge an ihren Lippen vorbeiging, glitt eine Hand hinter sie und zog sie an sich, so dass sie Fleisch an Fleisch waren.

Seine Brustwarzen drückten sich freudig gegen seine Brust und seine neue Erektion drückte fest gegen seine unteren Bauchmuskeln.

Sie bewegte sich und rieb ihren Körper langsam an ihm, was ihn zum Stöhnen brachte, als ihr Kuss fieberhaft wurde.

Er legte sie zurück und schob ihren Rock über ihre Beine.

Er sah sie einen langen Moment an, bevor er sich bewegte.

Er beugte sich wieder über sie und gab ihr einen leichten Kuss auf den Bauch, direkt über ihrem Nabel.

Er lächelte gegen ihre warme Haut und begann sich nach oben zu küssen, umgekehrt zu seinen vorherigen Handlungen.

Seine Lippen spielten kaum gegen ihre Brüste, bevor sie sich auf ihren Nacken legten und ihren Herzschlag streichelten.

Er pochte zwischen ihren Beinen, sein Schwanz drückte gegen ihren nassen Schlitz, als sie ihre Beine um seine Taille schlang und er seine Arme um sie legte.

In einer schnellen Bewegung saß James mit ihr auf seinem Schoß und drückte, wenn möglich, seinen Schwanz noch mehr gegen sie.

Sie wand sich ein wenig und er stöhnte.

Er küsste sie direkt unter ihrem Ohr und zog sanft an ihrem Ohrläppchen.

"Sag mir, Samy, willst du es?"

Sein Atem war heiß auf ihrer Haut und sie zitterte.

"Willst du, dass mein großer, harter Schwanz in dir vergraben ist?"

Samys Antwort klang fast wie ein Stöhnen, als sie sich an ihm rieb.

"Ja. Bitte James, ich wollte das seit ...", aber sie blieb schnell stehen, errötete immer noch auf ihren Wangen und sah weg.

James hatte keine Ahnung davon.

Er zwang seinen Blick zurück zu ihrem und lehnte seine Erektion an sie.

"Beende, was du gesagt hast."

Sie stöhnte und ihre Nägel gruben sich leicht in seine Haut.

"Ich wollte das, seit ich dich getroffen habe."

"Also sag mir, wie sehr du es willst."

Es war keine Forderung, eher eine Bitte, als er seine Finger über ihre Brüste fuhr und langsam ihr Fleisch knetete.

Er konnte fühlen, wie ihre Hitze gegen seinen Schwanz strahlte, und er tat sein Bestes, um ihn nicht einfach zu werfen und zu nehmen.

Ihre Antwort überraschte ihn und erschütterte die Selbstbeherrschung, die er benutzt hatte.

"Ich will es nicht. Ich brauche es, James."

Ihre Augen waren jetzt auf seine gerichtet und er stöhnte leise gegen ihre Haut, als sie näher kam.

"Ich brauche es so sehr, ich habe so lange davon geträumt. Bitte. Du musst mich ficken."

Er konnte ihr das nicht mehr verweigern.

Danach konnte er sich nicht länger zurückhalten.

Er hob sie hoch, bis der Kopf seines Schwanzes gegen ihre Öffnung drückte und ließ ihn dann schnell auf sie fallen.

Sie stöhnten beide.

Ihre Muschi war so eng um seinen Schwanz, dass er, als er anfing, ihn auf seinem Schwanz auf und ab zu bewegen, und seine harte Länge in ihr noch größer zu sein schien.

Sie stöhnte und begann mit ihren Beinen auf seinen Schwanz zu springen.

Ihre Brüste prallten frei gegen ihn und ihre Brustwarzen riefen nach ihm, als er sich vorbeugte und anfing zu saugen.

Sie stöhnte und sprang schneller auf seinen Schwanz, drückte sich immer wieder.

Seine Lippen neckten ihre Brustwarzen, zogen und saugten, dann fuhr er mit seiner Zunge über sie und knabberte, als er hüpfte, gegen ihre Haut stöhnte und Vibrationen durch seine Bisse sandte.

Ihre Muschi war so nass, dass die Feuchtigkeit über seinen Schwanz lief und er stöhnte, als sie absichtlich seinen Schlitz um ihn drückte, was ihn dazu brachte, ihr mehr zu widerstehen.

Er bog sie beide so, dass sie wieder auf dem Rücken im Gras lag und fing an, seinen Schwanz hart in sie hinein und heraus zu schlagen.

Samy stöhnte noch lauter, ihre Nägel kratzten sie zurück, als ein weiterer starker Stoß sie zu ihrem Höhepunkt zurückbrachte.

Der enge Krampf um seinen Schwanz ließ James auch schnell kommen und er knallte noch schneller in sie hinein und knurrte, als sein heißes Sperma sie füllte, bis es über ihre Schenkel lief.

Er fiel keuchend zur Seite.

Dann zog er sie zu sich und hinterließ sanfte Küsse auf ihrer Gesichtsseite.

"Nun, wird es noch fünf Jahre dauern, bis du mutig genug bist, das noch einmal zu tun?"

Er lächelte und küsste ihre Lippen.

"Nicht immer, James."

Samy lächelte und strich mit ihren Lippen über seine.

"Gut, weil ich nicht glaube, dass ich meine Hände länger als ein oder zwei Tage von dir lassen kann."

Samys Lachen hallte über den See und James lächelte, als er sich aufsetzte und sie tief küsste.

Dies könnte definitiv der Beginn von etwas sehr Interessantem sein.

UNERWARTETER EMPFANG

Glenn kommt von einem anstrengenden Arbeitstag nach Hause und lässt seine Aktentasche und seinen Mantel an der Tür stehen.

Er findet das Haus ungewöhnlich ruhig, achtet aber nicht besonders darauf und geht ins Schlafzimmer.

Als er die Treppe hinaufsteigt, riecht er den wunderbaren Duft des Parfüms seiner geliebten Frau Susan.

Als er den Treppenabsatz erreicht, hört er leise Musikgeräusche, die leise durch seine Schlafzimmertür dringen.

Er macht keine Geräusche und öffnet langsam die Tür.

"Susan?" sagt er mit ziemlich tiefer männlicher Stimme.

Als sich die Tür immer weiter öffnet, lässt ihn der Anblick ihres nackten Körpers, der auf dem Bett liegt, zittern.

"Ja Baby." sagt sie mit schwüler Stimme.

Er geht auf das Bett zu, aber sie signalisiert ihm, dass er aufhören soll.

Verwirrt tut er, was sie ihm sagt, um zu wissen, dass sie etwas im Sinn hat.

Sie steht auf.

Sein Körper bewegt sich mit großer Anmut.

Er kann nicht anders, als sich auf ihre üppige Brust zu fixieren und sich leicht zu bewegen, als sie auf ihn zugeht.

Fühle, wie sich dein Schwanz versteift, wenn deine Gedanken durchgehen

"Sie ist so schön".

Sie streckt ihre Hände aus und schnallt seinen Gürtel ab.

Auch seine Hose knöpft er auf und zieht sie runter.

Das lässt ihn vor Aufregung zittern.

Als sie ihn so aufgeregt sieht, lächelt sie und zieht seine Boxer mit dem hungrigen Bedürfnis nach unten, sein hartes Glied zu lutschen.

Sie legt sanft ihre Hände auf seinen jetzt aufrechten Schwanz und streichelt ihn langsam.

Dann streckt er die Zunge heraus und leckt sich den Kopf, bevor er ihn in den Mund nimmt.

Er stöhnt, als sie anfängt, seinen harten Schwanz zu lutschen.

Bewegen Sie es schneller und schneller in seinen Mund hinein und aus ihm heraus.

Kehren Sie dann langsam zu einem tiefen Schlag zurück und rollen Sie Ihre Zunge um den Kopf, während Sie ihn mit Ihrer Hand streicheln.

Er stöhnt, als ihre Hand den rosa Kopf seines Schwanzes streichelt.

Dann leckt er seine Eier bis zur Spitze seines Schwanzes.

Sie nimmt es aus ihrem Mund und steht auf, um ihn leidenschaftlich zu küssen, während sie sein Hemd auszieht.

Er schlang seine warmen Arme um sie, zog sie näher an sich und spürte, wie ihre Brüste gegen seine Brust gedrückt wurden.

Während sie sich küssen, laufen seine Hände über ihren Körper und fühlen ihre weiche Haut unter seinen Fingerspitzen.

Seine Hände bewegen sich über ihren Hintern und er drückt ihn fest.

Er hebt sie in ihren Arsch, indem er seine Beine um ihre Taille legt und zum Bett geht.

Er legt sie sanft hin und bewegt sich auf sie.

Er küsst sie tief bis zu ihrem Hals und ihrer Brust.

Langsam leckt er näher und näher an ihrer rechten Brust, jetzt errichtete er die Brustwarze.

Er steckt ihre Brustwarze in seinen Mund, saugt daran und beißt sie sanft.

Er bewegt sich zur anderen Brust, greift nach unten und beginnt, ihren Kitzler zu reiben, wodurch sie ihre Atmung erhöht und anfängt, leicht zu stöhnen.

Er reibt sich schneller, als er ihren Bauch küsst und sich auf ihren Bauchnabel konzentriert.

Sie hat das Gefühl, dass sie sehr nass wird und ihre Atmung schneller wird.

Er küsst ihren süßen Hügel und ersetzt dann seine Finger durch seine Zunge.

Saugen und sanft in ihren Kitzler beißen.

Dies schickt sie auf eine Welle des Vergnügens und stöhnt.

Dann führt er einen Finger über die Lippen ihrer geschwollenen Fotze in diese geheime, rutschige Stelle.

Er schiebt seinen Finger langsam hinein und heraus und stürzt dann einen weiteren Finger ein, während sie stöhnt.

Er konzentriert sich weiterhin darauf, an ihrem Kitzler zu saugen, während seine Finger diesen besonderen Ort in ihr, von dem er weiß, dass er sie absolut verrückt macht, kostbar schlagen.

Sie stöhnt laut und spürt ein Kribbeln von ihrem rechten Bein hoch und um ihren Körper herum und raus auf ihr linkes Bein.

"Oh Baby!" sie stöhnt, "Das fühlt sich so gut an!"

Glenn weiß, dass sie, wenn sie so weitermacht, definitiv an ihre Grenzen gehen wird, also verlangsamt er sich und küsst ihren Körper zurück, um ihren Mund zu verschlingen.

Sie teilen einen leidenschaftlichen Kuss.

Ihre Zungen tanzen zusammen.

Er nimmt seine Finger von ihrer jetzt durchnässten Muschi und beginnt ihre rechte Brust zu massieren.

Ihr Stöhnen wurde durch Küsse unterdrückt.

Der Kuss bricht und sie flüstert ihm ins Ohr:

"Ich brauche dich in mir, Baby."

Die Erwähnung seines harten Schwanzes, der in die feuchte Muschi seines Geliebten gleitet, lässt ihn vor Geilheit knurren und sich auf sie bewegen.

Er spreizt ihre Beine mit ihren Hüften und positioniert sich, um in sie einzutreten.

Spielen Sie damit, setzen Sie nur den Kopf ein und ziehen Sie sich dann langsam zurück.

"Bitte gib mir alles." sie fleht ihn an, aber er setzt sich durch und folgt dem Rhythmus des Spiels, indem er nur die Spitze stößt und sie zurückzieht, wenn sie anfängt zu stöhnen.

Schließlich treibt er an einem unerwarteten Punkt seinen harten Schwanz bis zum Ende, um sie zum Schreien zu bringen.

Er beginnt langsam mit langen, harten Stößen in sie hinein und heraus zu schieben.

Er beginnt stärker und schneller zu streicheln und zieht ihren Hintern für ein tieferes Eindringen.

"Oh Gott, du fühlst dich so gut in mir. Ich liebe dich so sehr, wenn du meine Muschi fickst."

Daraufhin knurrt er und zieht sich plötzlich zurück.

Er deutet ihr an, sich umzudrehen, und sie tut dies schnell mit einem Sprung der Aufregung.

Er weiß, dass es eine seiner Lieblingspositionen ist, sie von hinten zu betreten, und er liebt es auch, es ihr so zu geben.

Er steckt seinen Schwanz in sie und beginnt hart und schnell zu stoßen.

Sie stöhnt laut und sagt es ihm lauter.

Er liebt es, seine schöne Frau zu ficken, also wird er immer härter mit ihr.

Sein Körper und seine Eier schlugen gegen seinen jetzt roten Arsch.

Sie beginnt zu ihren Stößen zurückzukehren und drückt seinen Schwanz noch tiefer.

Sie stöhnen beide vor Vergnügen.

"Oh, ich werde kommen, Baby. Bist du bereit für meine Milch?"

"Oh ja Baby, ich werde auch kommen."

Noch ein paar Streicheleinheiten und Susan schreit vor Vergnügen und ihr Körper beginnt zu zittern, als ihr Orgasmus sie überwältigt.

Glenn spürt, wie die Wände ihrer Muschi anfangen, seinen Schwanz zu melken und sie kann es nicht mehr ertragen.

Er knurrt ihren Namen und schießt sein heißes Sperma tief in ihre jetzt cremige und feuchte Muschi.

Susan, erschöpft von seiner Explosion, ruht auf ihren Ellbogen, als sie spürt, wie er noch ein paar Spritzer Sperma in sie spritzt.

Zufrieden und versucht, nicht auf sie zu fallen, zieht er sich langsam von ihrer Muschi zurück und packt sie an der Taille und zieht sie mit sich auf das Bett.

Sie schauen sich in die Augen, beide getrübt von den mächtigen Orgasmen, die vor wenigen Sekunden durch ihren Körper gegangen waren.

Eine Befriedigung der gegenseitigen Bekanntschaft bleibt im Raum, als die beiden in den Armen des anderen einschlafen.

UNZUFRIEDEN

Es ist ein kühler Morgen.

Ich muss zur Arbeit gehen, aber ich habe keine Lust aufzustehen.

Hier liegend denke ich daran, dich zu lieben.

Ich kann sehen, wie deine Augen mich ansehen und mich anlächeln.

Ich kann bereits die Hitze in meinem Schritt spüren.

Ich schiebe meine Hand sanft über meine Brüste, als ob deine Augen ihr folgen würden.

Meine Brustwarzen reagieren sofort und verhärten sich.

Ich hebe meine Brust, um sanft eine Brustwarze in meinen Mund zu saugen.

Ich spüre, wie sich deine Lippen um die andere Brustwarze schließen und ein tiefes Stöhnen aus meinen Lippen entweicht.

Ich fühle den Saft, als er aus meiner Muschi herausrutscht.

Ich bewege meine Hände um meinen Bauch und dann zu meinem Bauch und stelle mir vor, wie deine Hände mich berühren.

Ich schiebe langsam meinen Mittelfinger in die Feuchtigkeit und Hitze.

Ich drücke meinen Finger, als wäre dein Schwanz tief in mir vergraben.

Wenn ich meinen Finger hinein und heraus schiebe, beginnen sich meine Hüften in einer kreisenden Bewegung zu bewegen.

Ich spüre, wie mein Finger mehr von dem Gefühl will, das erzeugt wird.

Die Handfläche hat den Saft aufgefangen, der jetzt aus meiner Muschi kommt.

Ich lecke den süßen Geschmack meiner Handfläche und schiebe meinen langen Finger in meinen Mund. Ich stelle mir vor, es ist dein köstlicher Schwanz.

Ich umkreise langsam meine Fingerspitze mit meiner Zunge, als wäre es der Kopf deines Schwanzes.

Ich bewege meine Zunge über meinen Finger und drehe mich herum, um jedes Stück Saft aufzufangen.

Ich schließe meine Lippen fest an der Basis meines Fingers und schiebe meinen Mund zur Spitze und beginne, meine Zunge um die Oberseite meines Fingers zu legen.

Was stellst du dir vor, dass dein Schwanz in meinem Mund vergraben ist?

Ich beobachte, wie sich mein Kopf auf und ab bewegt und tief in meinen Hals saugt, während die Muskeln in meinem Mund arbeiten.

Ich lutsche deinen Schwanz und du kannst fühlen, wie meine Zunge und mein Mund dich lutschen, so wie ich mich fühle, als hättest du meine Brustwarzen gelutscht.

Meine Zunge bewegt sich überall, meine nassen Lippen bewegen sich ständig mit dem Bedürfnis, dich härter, schneller und tiefer zu saugen.

Ich bin sehr aufgeregt über die Idee, mich in mir begraben zu fühlen.

Ich nehme meinen Finger und schiebe ihn zurück in meine Muschi, um sicherzustellen, dass er durchnässt ist.

Ich nehme meinen Finger heraus und reibe ihn über meinen Schlitz und tauche ihn erneut ein, um mehr Feuchtigkeit zu bekommen.

Diesmal reibe ich auch mein enges Arschloch.

Ich schiebe langsam einen Finger hinein und der Orgasmus ist sofort.

Ich würde es lieben, wenn du mich gleichzeitig mit deinen Fingern und deinem Schwanz fickst.

Ich liebe die Idee, von dir erfüllt zu werden.

Ich rolle mich auf den Bauch und beginne mit beiden Händen an meinem Kitzler zu arbeiten.

Ich bewege meine Hände zu meinem Bauch und drücke fest auf meinen süßen Hügel.

Ich ficke mit meinen Händen, bis ich fühle, dass dieses Gefühl beginnt.

Das Gefühl beginnt ganz unten und lässt mich quetschen, wenn ich wieder abspritze.

Ich bewege meine Hüften schneller, meine Füße kriechen vor der Notwendigkeit, innerlich zu explodieren, während ich mich selbst mit den Fingern ficke.

Ein langes, tiefes, kehliges Stöhnen entweicht, als ich meinen Höhepunkt erreiche und explodiere.

Erschöpft lege ich mich auf den Rücken, denke über das nach, was ich gerade erlebt habe, und bin wieder aufgeregt.

Ich frage mich immer wieder: "Was ist das für ein Zauber, den du auf mich hast?"

Kein Mann hat mich so angemacht wie Sie.

Ich sehe dich in meinem Kopf, den liebevollen und sexy Mann, der du bist.

Ich kann deine weichen, süßen Lippen auf meinen fühlen.

Die Art, wie deine seidige Zunge meine Lippen und das weiche Knabbern deiner Zähne umreißt.

Die Art, wie deine Zunge tief in meinen Mund gleitet und den Hunger schmeckt, den ich für dich habe.

Die Art, wie deine Zunge meine umgibt und der süße Austausch deines Speichels sich mit meiner vermischt.

Ich kann deinen heißen Mund fühlen, wenn er sich in Richtung meines Ohrs bewegt, und die Wärme deiner Zungenspitze, wenn er nach innen fliegt.

Das leise Flüstern meines Namens bringt einen Schwall Sperma direkt in meine süße Muschi und dein Mund bewegt sich zu meinen harten, aufrechten Brustwarzen.

Langsam umgibt deine Zunge meine linke Brustwarze und du bläst so sanft.

Du machst deinen Mund wegen meiner reaktiven Härte zu und ich stöhne.

Meine rechte Hand beginnt über meine Brustwarzen zu gleiten und ich hebe meine linke Brust in Richtung meines Mundes, um sanft an der

Brustwarze zu saugen und nachzuahmen, wie sich Ihr Mund anfühlen würde.

Langsam gleiten meine Finger über meine Rippen zu meinem Bauch und die langen, dünnen Finger meiner Hand erreichen meinen süßen Kitzler.

Sanft streichen die Spitzen gegen den Knopf und mein Mittelfinger gleitet zum ersten Knöchel, um die Feuchtigkeit zu spüren, die sich dort angesammelt hat.

Ich schiebe meinen Finger tief, um dein Sperma freizugeben und den Honigsaft in meiner Handfläche zu fangen.

Ich lecke den Saft von meiner Handfläche und genieße den Geschmack und Geruch von Sex.

Ich schiebe meinen Mittelfinger bis zum ersten Knöchel in meinen Mund und stelle mir vor, es sei der Kopf deines Schwanzes.

Langsam wirbelt meine Zunge und schmeckt wieder den Saft und ich weiß, dass es dein Pre-Sperma ist, das ich auf meiner Zunge schmecke.

Mein heißer, nasser Mund gleitet über meinen Finger, als wäre es dein heißes, geschwollenes Glied.

Mein Mund schließt sich vollständig und gleitet bis zur Spitze, während mein enger Mund nur den imaginären Kopf Ihres seidigen Schwanzes saugt.

Während ich das Tempo beschleunige, mit dem ich meinen Finger in meinen Mund ficke, kann ich fast die Spannung in deinen Bällen spüren, als das Sperma anfängt zu steigen.

In diesem Gedanken spüre ich, wie die Nässe aus meiner Muschi kriecht und ich weiß, dass ich mich selbst ficken muss.

Ich rolle mich schnell auf den Bauch, meine Hände suchen nach meiner Muschi.

Ich drücke sie fest gegen meinen Hügel, meine Fingerspitzen finden meinen Kitzler.

Meine Hüften beginnen sich langsam, rund und rund zu drehen, während sich meine Fuß- und Beinmuskeln anspannen und meine Finger meine süße Muschi bearbeiten.

Ich sehe zu, wie du von hinten hereinkommst und dir deinen Schwanz vorstellst, der von meinen Säften getränkt ist und in der Nässe glitzert, wenn er in meine Muschi hinein- und herausgleitet.

Oh verdammt, ich bin so verdammt erregt, als meine Finger und Handflächen fest drücken ... so fest sie können, wie ich ihren Höhepunkt erreiche.

Meine Füße und Beine sind geballt, mein Körper schaudert vor Intensität.

Ich rolle mich auf den Rücken und stelle mir deinen süßen, pochenden Schwanz in meiner durstigen Muschi vor.

Meine Muschimuskeln spannen sich weiter an, als würden sie das Sperma von deinem Schwanz saugen.

Und dann ja, ich kann fast deine heiße Zunge fühlen, wenn sie meinen Schlitz auf und ab gleitet.

Dein Mund schließt sich auf den Lippen meiner Muschi und die schnelle Bewegung deiner Zunge lässt mich in deinem Mund abspritzen.

Und du stehst auf, spreizst meinen Körper und schiebst deinen spermagetränkten Schwanz in meinen Mund.

Ich genieße den Geschmack unserer gemischten Säfte, während ich sauber lutsche und lecke.

Ich lasse mich auf das Bett fallen, mein Körper zittert und kribbelt immer noch.

Was für ein wunderbares Gefühl lässt du mich mit dir fühlen.

ENDE

www.ingramcontent.com/pod-product-compliance
Lightning Source LLC
LaVergne TN
LVHW040954150826
845672LV00002B/700